KB152965

그 여자의 시간

강 순 자

그 여자의 시간

강순자

새미

차례

제1부

제2부

제3부

제4부

제1부

절 치는 소리

아사삭 아삭
철퍼덕 철석 찰싹 찰싹
태곳적 소리들 퍼진다
어릴 적 내 고향집 남동풍 바람 불어올 때
바닷가 절 치는 소리가 아주 가까이 들려오고
저 절치는 소리 들리면 비가 꼭 올 것이라고
절로 들려 절 소리일까
바람소리 없이 절로 왔음일까

고운 해안가
바삭 바삭 부서져 떨어져 나가 앉은 곡조들
석양을 머금은 채 하루의 착한 일 궂은일들
절로 감기며 사라져 절로 가는 소리들
세상 어떤 소리가 이보다 장엄할까

저절로 자알잘, 자알잘, 잘_

스르르 슬슬 쓸려 나가
휘몰이 장단에
하얗게 때리고 부서지고 휘몰아치고

바사삭 중모리 중중모리 둘려 치고
소용돌이 속
최초의 세상의 열리는 소리
오랜 옛날 신들의 펼치던 향연이
절로 바위에 부서지며
파도소리
자진모리로 훙청훙청 일렁이네

눈 오는 산책길

꽃잎 같은 눈송이가 나풀거린다
각각이 자리를 찾아 두리번거린다
누워 있는 눈들은 포근하다
허공의 방황들이 끝나 있어
깨끗해서 한층 편안하다
눈 위에 발자국이 찍혀간다
발자국 하나에
사랑과 눈물의
자국마다
웃음과 미움과 원한이 새겨져 간다
자국마다 각양각색의 감정이 늘어나지만
따뜻함에 금세 녹아내려 흔적도 없어지겠지
얼마나 많은 사연 내리고 쌓이며 사라져 갔을까
눈길 따라 홀로 걷는 길
눈 쌓인 길에
얼룩진 아픔들

가을 사랑

나뭇잎에 번지는 핏빛들이다
떨어져 흩어지는 몸부림이다
떨어져 나가 앉은 자리
가득 채우는 그림자다

뒹굴리어 짓밟히는 그리움
빠알갛게 멍들고 떨어지고 흩어지며
낮은 곳, 거친 곳, 구르고 굴러와
웅덩이 속 채우는 슬프고 아픈 고운 빛깔
거니는 발자국 마다 따라붙는 핏빛너울
속삭이는 멀리서 온 사연 따라
흩어져 떨어져 나간 낙엽들의 외침은
깊은 서러움, 가슴으로 차올라
가녀린 몸부림 바람 구름타고 핏빛나래 펼친다

가을, 누군가를 가득 채우고 싶은데
왜! 이리도 아프기만 할까
가을은 오지 않을 사랑 올 거라며
올 수 없는 걸까
안 오는 것은 가을 사랑

나른히 내려오고 사뿐하게 내려오고
질퍼덕거리면서 뒹구는 사랑
비바람 세차게 불어
화려했던 옛날을 매달고
우수수 향하는 흐느적거림들
한 잎 한 잎 흩날려가는 슬픔들아
가을 길 위에 수북 쌓여
울며 보낸 적 없는 고운 눈빛
미소 가득 가슴 가득 사랑 담아
가지마다 못 박힌 죄
아픈 생채기 사그라져가는 가련한 인생
가지 잃고 방황하는 메마른 위대함

나뭇잎에 번지는 진홍빛깔
흩어지는 몸부림
빈 가슴 가득 채우는 고단함
기다림 파란 멍울 되어
낙엽들의 이유 있는 몸부림

발자국 마다 따라붙는 핏빛너울
바람이 속삭이는 멀리서 온 사연
떨어져 나가 앉은자리 서러움
가슴으로 가득 차올라
가을은 구르고 있다

막걸리 한잔 생각나는 시간

가을비
가슴 적시는 날
허전함을 달랠 수 없어
혼자라는 생각에 서성이며
빈 가슴 따뜻하게 해 줄
그런 사람과 막걸리가 생각난다

고단한 삶은 흘러가려니
무심한 척 있어도
가눌 수 없는 외로움을 함께 나눠줄
시린 가슴 마주하며
바라볼 수만 있어도 좋은
마음 고운 사람과
막걸리가 먹고 싶다

사는 게 그러려니 하면서
동네거리를 기웃 거린다
소주방, 간이역, 스페셜, 주도,
어디에선가 들어본 듯
왁자지껄 흐늘대며 흩어지는 목소리들

싯누런 주전자
찌그러든 막걸리 잔에
흐르다 탁해져 버린
허연 눈물 한 대접 들이키고
맵고 짜고 쓰디쓴 진홍핏물
차가운 심장 속에 가득 들이붓고

녹아내린다 깊은 늪으로
사그라 들어간다
따스한 온기가 내 몸으로 스밀 때
더 이상의 바랄 것 없는 안온의 순간들
이런 한 순간의
삶의 쾌락을
차가움 뒤에 만져보는 따스함이
우주의 공간속으로
빨려 들어가니
난 그저 팔딱이는 한 마리 실체 없는 여린 새
누리자
순간의 주는 짜릿함으로
온통 던져 나를 사라져 가게

어떤 일이 일어난다는 것은

어떤 일들 일어날 수 있다는 것은
너무나 당연한
내가 지쳐 있을 때
혹 쉬어야 할 일이 있을 때
나를 불러주는 곳에 가볼 일이다

몇몇이 맘이 훤히 보이는 이들
자그마한 배려에 오고 가는 정들이
하루를 말끔하게 잠 재운다
꽉 맺힌 한이 풀리고 참 세상이 가볍다
사는 일이 힘들다 힘들다 했는데
이곳은 참 가볍다
순간만을 볼 수 있고
열두 달을 손바닥 안에서 쥐락펴락 한다

새를 던질까, 산을 던질까, 아니면 꽃을 던질까
내놓기는 해야 하고
상대를 염탐하니 저쪽도 만만하지 않은 걸
큰맘으로 내리친다
망하든 흥하든 순간에 맡긴다

순간을 던지느냐 마느냐에
웃음도 짜증도 엉키고
저쪽의 속셈도 인간미도 들춰진다
꽁생원은 꽁하고
화통하면 표도 화통하고
이곳에서 순간이 주는 즐거움
받는 설렘과 펼치는 환희와 실망
그 순간을 깨달을 때
서로 웃고 주고받는 우애들
챙겨주니 고맙고, 서로를 돌아볼 수 있고,
나를 다스릴 수 있고, 상대를 아니
꿋꿋하게 표를 지키고
광이야? 똥이야?
아, 동양화의 마력이여!

톳이 된 가을비

빗소리에 실려
달그락 딸그락 아버지 수레바퀴
저만치서 바삐 굴러오고
하얀 수건 둘러쓰신 어머니
장대비 맞으시며 들일 마치시려고

어느 한 해 다 못 거두어들인 보릿단 위에
보리 싹 파랗게 자라나고
온 동네 사람들
톳 밥으로 허기진 배 채워 넣더니
옛날 그때처럼
톳 비 밤새워 내린다

어둠 속에서

어둠 속에서
살아가는 어둠을 뚫고
먼동이 트는 길을 가다 보면
거친 듯이 꾸불대며 이어지는
돌담길 작은 틈새로 새어 나온
바람 한 줌 햇살 한 줌
찬 서리 가득 담아 풀꽃송이에 얹어놓아
손가락 끝에 만져지는
파르르 떨고 있는 어린 새 한 마리
두 손 위로 가만히 옮겨 놓아
햇살 환한 들판으로 나서니
지평선 멀리 새 한 마리 날아가네

먼 훗날

냉랭함만이
마음의 문은 닫히고
사람이 사람을 괴롭히는 일
사시나무 되어 떨리는데
따스했던 나도 차가워 가고
길가며 차올린 돌멩이 나동그라져
울음인지 웃음 웃는지

먼 훗날
한마디 남기고 먼 곳에 있는 사람
생각만으로도 따뜻해지는
그 사람이랑 해질녘 노을이 가득 내린
해안가 허스름한 초가집 마당에서
굴 국밥 말아먹고 싶다
어젯밤 새소리 저 새소리
고향은 멀지만
멀고 멀지만
내 가슴에 깃든 저 새소리

비가 내려오네

말을 잃어버린 희미해진
점 한 톨 한 톨
떠나간 자들의 거리 위에 뿌려지네
외로워 저만치 쪼그린 자그마한 가로등을 지나
고독하여 차마 굳어 버린 바닥 적시며
기다란 점 한 톨
여간 참아내기 힘들어 붉으락 푸르락
굳은 웃음 뒤에 감춰진 제각각 고통의 깊이
씻기워진 맨살의 푸른빛
숨겨둔 돌무더기 한 점 적시며
밑으로 내려가네
물의 큰 알들
살찐 보름 강가에 가서
돌의 배를 만져 보네

바람에게

내 몸이 시린 까닭은
아픔도 미움도
바람에 날려 보내야 하는
차디찬 기억들이 바닥을 긁는
세월을 참고 있기 때문이지요

내 심장 속으로
시린 바람이
파고든 까닭은
그대를 향한 젖은 가슴
먼 하늘에 던져 놓으니
서녘 구름으로 떠다니다
시린 바람으로 진눈깨비
흩뿌리고 있기 때문이지요

오죽하면
내게 와 둥지 틀어 있을까마는
손에 쥐어주신
단단한 호두알들
그것을 깨트리는 일
바로 나의 몫으로 남겨 주셨으니

써야지

쓸 수가 없네
굶주림과 갈증에 허덕이는
하룻밤 하루 낮이 지나고

또 하루가 시작되는 걸인의 눈에
찬바람 냉랭하니
몸을 때리는데
먹을 것 좀 줘요
목이 말라요

미련하게 날들만 삭제시키고
알 수 없는 새벽꿈을 찾아
이상한 이야기 하고 있네

글 좀 주세요
담겨 있지 않은 것들에 대해
생각한다
간직하고 싶은 기억 있었나
찻물이 비워진 뒤에도
찻잔은 오래도록 따뜻하다

정월 대보름달

넋을 내려놓고 바라본
한번 잡을 수 있는 큰 행복
달 보세요
마당으로 나오세요
서쪽 편에 정월 대보름달
새벽 찬 공기 맞서서 올려다볼수록
눈부심이 두 눈을 뚫고
온몸 휘감아 빛의 여신인듯
초저녁 바라볼 때
대보름날이구나 정말 좋구나
그리운 얼굴들 하늘 가득 띄워 놓고
희미해진 틈에 잊고 있었는데
환하여 나가 보니
나를 찾고 있었네
기다림의 깊은 속
은백색 빛들로 쏟아 내려
아무 것도 물을 수가 없구나
저 달을 무어라 해야 할까

베갯머리 뒤집어 놓다

살얼음 같은 차가운 물결들이
가슴을 떠나
손과 다리로 퍼져 나갔다
감긴 눈 끝에 실 고드름 녹아내린다
숨을 쉴 수가 없었다
헉헉 휘저은 불안의 끝에는
목숨 하나 간당거렸다
생각도 정지되어 온몸으로 쉽게 울었다

큰일 난 줄 알았는데
화들짝 놀라 깨 보니 몸이 차다
떠올리고 싶지도 않은 것들이
꼭 이럴 때 꿈속까지 몰려와
에이 몹쓸 것들
침 퍽 뱉어내고
죄 없는 베갯머리 팍 뒤집어 놓고
가위를 베고 잔다

삼일은 좀 조심해야겠다

바람이

바람이
몹시 심하여
창문 꼭 잠근 채
창가에 기대서서
내 발걸음이 남긴 흔적 쳐다보고
돌아갈 수 없는 길을 떠나왔음을
다른 길 없어
목구멍으로 뭔가가 울컥
치밀어 올라
울어 보려고 애를 쓴다
닫힌 창으로는
들어올 수 없는 바람들이
한바탕 내 창을 두드려 대더니
굵은 빗방울 사정없이 뿌려놓아
잿빛 구름 위로 허공 푸르다

아침 새

앞산 벚꽃나무
꽃 진자리 이파리 가득하고
나뭇가지 위에서 새 두 마리가
서로 밀고 당긴다
한 마리가 다가가면
다른 한 마리가 옆 가지로 물러선다
사랑싸움일까 자리다툼일까
엎치락 뒤치락 위태하다
회색빛 한 마리 새
먼 하늘로 야윈 날갯죽지 펼치고
날아오른다
한 마리 새 앉은 자리에서
먼 하늘만 올려다본다
새털구름 한 올 풀러
눈 시리다

어떤 여름날이

태양이 뜨거움을 느꼈을 때
난 지쳐버렸고
그늘을 찾아 두리번거려도
먼 데서 가물거리는 열기가
떼를 지어 더욱 몰려들고
폭염 아래 구애하는 삶이라니
처참하게 태워지는 햇빛이 계속되면서
사막이 되어 버린 바짝 마른 몸에선
뜨거운 숨만 헉헉거리고
이 길을 포기하지 않고 가다 보면
오아시스는 나타날까
차가운 내 살을
태양 빛을 빌려 따뜻하게 데워 주고 싶었던
몹시 뜨거웠던 그 해
여름은 불타올라
폭염 아래 날품팔이 하던 일이
지금도 여름 태양은 무섭다
더위 먹은 데는
약도 없었다

귀가

달은 떠 있고
밤이 흐리다
허공에 대고 눈을 비비고
세상 굽어보며 근심스럽다
제각각 조여오는 몸부림들을
못 볼일들 바라보는지
힘이 없는 얼굴
내 몸만으로도 죽을 지경이라며
엄살 피울 새도 없이
어미 된 먹먹함으로
달빛 힘없이 뭉개지는데
늦은 밤 대문 여닫는 소리에
숨통이 빠져나오고
긴 시간 기다린 눈꺼풀 질식한다

아뿔사

저 저 저 빗소리
혼곤한 꿈속에 있는데
주루룩 비 떨어지는 소리
아뿔싸
갑자기 덮쳐오는 솜이불
화들짝 놀라 간담 서늘케 멈춘다

옥상이 뒤집혀져
널브러진 옷가지들 위를
비와 바람의 난타를 치고
내 살아가는 형태가 다 보여
엊저녁 별 쳐다보고 밤하늘 우러러
날아가던 마음들이
후줄그레 허둥대며 끌려가는 꼴이
누가 누구를 무어라 했을까

생각 없이 끌려다니는 일상 위로
문득
빗속에 바람 속에 인정하고 싶지 않았던
내가 뚝 뚝 뚝

젖은 이불솜 옷가지에서 떨어지는 물방울이란 걸

괜찮아
다시
좋은 햇살 나오면
젖은 빨래들보다 나를 먼저 펼쳐 널고
뭉그러진 가슴 활짝 말릴 거야
다시 더 하얗게 씻겨 반짝일 거야

마음으로는

하늘을 기어간다
바닷물을 뒤집는다
달에게 문자를 보냈다
달빛 보내주어 고맙다고

누군가
태양을 쏘아 놓아
와랑와랑 빛은 부서져 내리고
하늘은 바다 속으로
기어들어가더니
바다 속을 온통 뒤집어 놓았다
본적 없는
거대한 물결이 뒹굴며
하얀 입김을 뿜는다
산에선 길들이
미끄럼을
쉬지 않고 타고 있다
절벽을 날아오르니
수풀 속에 갇혀버렸다
아 좋다고

무심히 지나친 세상에
이상한 일 들이 많다
지금 보이는 것들
발아래 고이는 자국들
넓히다가 좁혀지고
경계선 만들고
연습 없이 살고 있는
내 가슴에
자꾸만 출렁이는
이상한 마음이 살고 있다

제2부

내 바다

애들아!
파도가 어마어마한
물보라를 일으키는
으스스한 날!
이런 날이면 난 슬퍼져

끊임없이 항해만을 하고 있을
오랜 친구를 가까이 느낄 수 있거든
폭풍우 몰아치는 바다
산더미 같은 파도와
꼬박 열 시간 동안 싸우며
배를 지키려 키를 놓지 않았다는
무용담을 담담하게 들려주던
바다 같은 친구

뒤엉키는 바다의 분노를 볼 때면
뱃사람이 되어버린 친구 말이
내 일처럼 가슴에 박혀 오거든

"국사발만 엎어지지 않으면 다행이지요"

"바다에만 있으니 서두를 일이 뭐 있겠냐?"
뱃길 인생길은 느긋해야 한다고
생과 사의 몇 고비를 키 하나에 의지한 채
오랜 날 지나 옛이야기 되어
아직도 생각나는 바다처럼 돼 버린 친구
어마어마한 파도가 자신과 배를 덮쳐 버릴 것 같은
그 순간을 견디는 일은 신이 되어야만 했었다고?
담담히 자신을 내보여주던 바다 같은 친구

바다에 뿌리를 내리니 바다가 자기를 재워준다고
그 바다의 영혼을 간직한 바다 나무 돼버린 친구
무엇이든 날려버릴 것 같은
으스스한 날
친구는 선하여 물이며 향기로운 바람
소박하고 순수했던
고운 미소 볼 수 없어
바다로 가버린 친구의 이야기를
누가 들려줄 수 없을까

꽃할매

구절초 박람회 축제 행사장 입구에서
해박한 모습의 할머니께서 김치 장을 벌였다
구김 없는 표정에서 오랜 흙살이 촌로의 맑은 심성을 본다
초가을의 꽃내음에 젖어드는데
아직 짧은 소매 위로 여름의 흙 내음 굵은 팔뚝에 담고 있다
고들빼기 얼가리김치 무김치 파김치까지
가을햇살 잔뜩 담은 단풍잎 색색이다
손수 가꾸었으니 얼마나 정이 갈까
덤으로 얹어주시는 손등 위로 가을이 넉넉함이 넘쳐난다
아기자기한 손끝 정성 목줄기 타고 내릴 때
감사함을 마음 깊이 더 전해 드리리
다니노라면
메마르지 않고 살아갈 수 있는 사람들 만날 수 있으니
구절초 꽃향기와 덤으로 얻어지는 삶의 향기
나들이 길 가을향기 여태껏 솔솔거린다

바람의 축제

영등 할망 화나셨다

바람 심하여
거리가 휘청거린다
이 바람에 바다는
뒹굴고 있겠다
신당에 영등굿 풀이
선무당 도랑춤에
엇박자 쟁강쟁강
뱅글뱅글 감장 돌아
눈공쟁이 희번득 치뜨고
날렵하신 몸 허공 가르고
바람 축제 흥겹게 펼치시더니
만선 기원 꽃 배 방선
두둥실 떠 보내시네

던드렁못듸 덩드렁막께

막깨 놓치지 않으려고

두 손으로 꽉 잡앙

미녕갈중이 패주민

덩드렁 덩드렁 던드렁못듸 울리는소리 더덩더덩

던드렁못 오른쪽 올렛길 들어서민 왕하르방 살아신디 왕하르방은 덩치가 크난 덩드렁막깨 잘 만들엉 던드렁못 막께소리 시도 때도 어시 들어부난

경 ᄒᆞᆫ 것도 닮아붸곡 통나무 두리뭉실 도려내 가멍 어틀락 더트락 맨들엉 옆집이 조근년네 하르방 막깬 조그만ᄒᆞᆫ 게 족아만 보영 좋아신디 손심는

자루쪽이랑 손자 막께랑 족게 까까주민 좋을 건디 호미영 도치로 맨들잰 ᄒᆞ난 간새도 들곡 두리뭉실 깎는 솜씨가 ᄆᆞ슴 쓰는 거랑 닮은 거 아닌가 ᄒᆞ는 거라

난 그 막깨 잡앙 세답 뻘 때 두 손 두 어깨로 움켜잡아사 되영 온몸으로 미녕갈중이 두드렷주게

두드리당 보민 어틀락 더트락도 맹끌락 해저가멍 돌리멍 막깨질 ᄒᆞ민 덩드렁 막깨 고루게 ᄆᆞᆫ뜰락 해저그네

옛날 미녕 갈중이들 질겨부난 갈중이가 갈가 먹은 건지 덩드렁 막께 맨뜰락 해져가민 미녕 옷도 홈파정 어멍 밤이 이슥하게 짜투리 천들 토라지게 부처놯

너덜너덜이 아방은 품새 폼새라 경도 조아신가 원 허허거리멍 걸처거내 샛별 보멍 촐비래 돌쌔기동산 오를 때 난 ᄄᆞ라가쟁 ᄒᆞ민 똠꿋이 와싹ᄒᆞ게 좇아갔주

막께도 갈라져가민 마당구석에 세왕 ᄈᆞᆯ 옷들도 ᄆᆞᆯ리곡 막께도 ᄆᆞᆯ리곡 막께가 버치난 세답도 버치곡 몸도 버친디 그것도 모른 막께는 솔내 솔솔 흐르곡

미녕 갈중이는 풋감이 자락자락 익어갔주 난 손도 덩드렁 막깨가 되곡 ᄆᆞ슴은 던드렁못 품엉 밝아케 흔들렷주 생각ᄒᆞ민 돌코쟁이 뽀죽ᄒᆞᆫ디 세답 올령

버친마께 불따구로 내리청 옷고망 터지는 건 모를 것도 아닌디 감자떡 사븐은 물먹언 민달민달ᄒᆞ곡 옷 ᄈᆞᆯ 건 하부난 물 처먹은 막께도 버치곡 덩드렁 덩드렁

ᄒᆞ멍 두드리당 보민 못딧물도 좋아져 가곡 구진 옷들도 고와져 가곡 생각해 보난 덩드렁막께 두드리던 그 깡다구로 이제도록도 버틴 삶이 아닌가

사대가 모영 온기 품엉 막께 다듬는 소리 갈증이 깁고 털털털 걸으멍 덩드렁 패던 소시적이 멀어진 줄 알아신디 아직도 옆에 이신 게

꿩꿩 장서방

우리 막 어릴 때 불렀주게
어린 땐 이런 노래 부르멍 컷저

꿩꿩
장서방
어찌 어찌 사느냐
내가 왜 못 살리
포르릉 포르릉
이 산 넘곡
저 산 넘엉
포롱 포롱 살암저
알롱 달롱 저고리에
청색 옥색 짓을 달고
백회 멩지 고름 달고
삼년 묵은 그릇 밧듸
오상 오상 숨어 들엉
묵은 뿔리 들추어냉
배 곪으멍 살암 신디
날 ᄀᆞ튼 개아들놈이
날 맞치레 왐저

우리 친정은 걸머리 주게 간드락 원두왓이고 뱅듸에 빵이 따래 땡기멍 꿩이 꿩꿩 울민 신나그네

꿩꿩 장서방 따라 불렀저

지금도 저 꿩소리 변치 않아 신게

무사 장서방 인고양

게매이 몰으커라 나만 잘 불렀주

긴 그림자

달밤을 등에 업어
자갈길을 가노라면
길 위에 나보다 더 긴 그림자
앞서면 뒤따르고 뒤에 서면
앞서가는 걸음 멈추어
손 내밀면 다가올 것처럼
가까이 있다가 움직이면 달아나는
앞서 따라가 보아도
언제나 그 자리 그곳에
긴 그림자와 나
작은 발자국 따라와 늘어지고
사라지고 오므리고
제짝 찾아 교접할 일 내 안에 들어
엇박자 치며 치근거리는 몸짓 가까이
나를 괴롭히는 많은 것을 묻은 채
한 손 당겨 내 몸 비워내려고
달그림자 얻어 쓰려고
밤길을 가는 것이다

돌챙이 삼촌

1

한 칸 방에 아홉 남매 꽉 끼어정
제멋대로 뒹굴어 가멍 ᄃᆞᆫ ᄌᆞᆷ 잘도 잠서
큰놈 다리 족은놈 아굴탁에 걸쳐 있곡
샛놈은 미죽엉 저 구석코지에 쪼구령
숨이나 고르게 잘 쉬엄신가 말잿놈은 가나 오나
설쳐대엉 방 네 구석 다 돌암저
반쪽으로 갈라거네
딸내미들랑 모두와정 얌전ᄒᆞ게 재우곡

늦은 여름밤에 식게태물 태우레 간 보난
동굴동굴 까만 머리들만 드러난 이선
눈으로 세어 봤주 한, 둘, 셋, 넷 … 열 한 사람
꿀돼지들이 뒹굴멍 어멍 품에서 잠든거라 그 와중에 여자삼촌 풀어헤친 가슴팍에선
찰리젖 자락 늘어정 이성
갓난이 그 젖뺄멍 꼼지락 거령거네
식겟밥 ᄒᆞᆫ 사발 어느 입안으로 감출건지

2

어제까지는 섯동네 아시 밭담 쌓고
낼은 집담 올리러 아랫동네 누이네 집 갈 거여
한 보름 치고 쪼개영 뒹굴려 가멍 얹어 놓으민
집 테두리 큰 반은 올라갈 테주
집담 끝나 갈 때쯤엔 웃동네 삼촌
날 받아논 날 산담 돌 옮겨거네
산담 일 시작ᄒᆞ민 끝나 봐야 다른 일 맡을 거라
경 알앙 날 비민 해 주커메 걱정 말앙 지들녕 이시라

뭉특ᄒᆞᆫ 돌 뾰족ᄒᆞᆫ 돌 삐뜰러진 돌덩이들
이리저리 돌려가멍 함마로 쳐내고
정으로 쪼고 쪼앙 귀퉁이 맞추곡
눈으로 보고 배운 게 이제껏 돌 쌓는 일이라
열한 식구 아홉 남매 배 채워주는 일
나 몸뚱인 하루라도 쉴 날 어시 살암저

큰 돌은 온 몸 틀엉 요리 저리 뒹굴령
수없이 쪼아대멍 날 붉으민
함마로 돌 메치는 일이 날 저물민

굳은 허리 굳은 손 펴가멍
하루 붉아신가 ᄒᆞ민 하루가 곧 저물곡
ᄒᆞ단 보난 살아젼 나 죽엉 어서져도
나 쌓아논 저 돌담들은 알 거라 이
나 흘린 땀과 눈물이 돌담 고망 똘아진디
다 들어간 돌담들 반듯반듯하게 잘 놓은 일이여
돌 들도 성질 부리지 말앙 다독이멍 솔솔 달래여사
곱게 다와정 잘 맞곡ᄒᆞ난 돌담 잘 챙겸젠 ᄒᆞ영
영ᄒᆞ난 돌챙이주게

3
돌담들광 나 살당간 거
저 돌담들은 잘 알 거라
돌담들은 다 알 거라
돌챙이 삼춘님 아홉 남매
돌담 쌓은 정성
그대로
반듯하게 굳세게 다들
잘 살고 이수다 예

밭담길 따라

둥근 듯 둥글지 않고
모난듯 각진 듯
각도 아닌 모도 아닌
저마다의 모양과 빛깔들이
억 만년을 구르고 굴러와
이리 뒹굴 저리 뒹굴 끙끙대며
할아버지 큰 손으로 넉넉하게 쌓아 올려
땀방울과 허기진 몸 얼룩진 뜨거운 날

들판 가로질러
내 아버지 반듯한 큰 밭 하나 생겨나고
톡톡 뒹굴리며 빈터를 찾아 모아
어린 장손 제사 밑천 밭 하나 더 만들고
돌멩이 하나 뒹굴려 놓아
남과 나를 가르고
차곡차곡 올려놓아 앞과 뒤를 짜놓고
햇살 안고 바람 막아 서로를 껴안으니
할아버지 품 안 쌓아 놓은 큰 산

큰 밭, 작은 밭, 언덕배기 둥근 밭들

저마다의 얼굴들 갖고 옹기종기 이어 올레길 만들고

내 아버지 큰 밭담들 아침저녁 인사하며
고운 정성 쌓아 올려 오곡이 주렁주렁
밭담 안 가득 새벽 별 달아 놓아
일곱 남매 제 갈 길을 밭담 위에 걸쳐주고

내 어머니 언덕배기 작은 밭엔 종종걸음
오솔길 따라 네모 속 세모 속
토라진 듯 둥근 듯이 가득한 소망 살며시 손 내밀며

큰애 둘째 막내야
곡식 커가듯이 반듯하게 커 다오
별 보고 달 보며
밭 담 안을 토닥토닥 다독이던
그 손길 그 숨결 밭담만 남아
세상을 꿋꿋하게 지킨다

밥은 먹었냐

한여름 밤
마당에 돗자리 깔고 누워
별들 마구 쏟아지면
별을 줍던 시절
제삿날 밤 반가운 얼굴들
가득 찼던 옥상이 비어 있다
어린 몸 키워주던 초가집과
억새 풀 향기 깔린 짙은 초록 마당 없다
마당 한가운데로 항상 놓여 있던
대나무 평상 없다
초어스름 피워 올리던 보리 고스락지
여름밤 아버지 모깃불이 없다
마당 빨랫줄에 가득 널려있던
새하얗게 아가 얼굴처럼 빛나던
아기 기저귀 안 보인다
지붕 위 안테나가 하나도 없다
칠월 칠석 별들 쏟아지던 밤
견우직녀 만나던 은하수가 잘 안 보인다
장마철 초가집 처마 끝에서 떨어지던
낙숫물 소리 끊겼다

씨암닭 병아리 품을 둥지 없다
삼촌 장가들 때 돼지 잡던 날 사라져 버렸다
꽃상여 만장기 늘어선 할아버지 장례 행렬 없다
무엇보다 내 아버지 어머니
밥은 먹었냐
밥 먹으라 입에 달고 사시던
듣기만 해도 배불러 오던
고운 소리 고운 모습들이 사라져 안 보인다

등짐

모진 목숨 어쩔까
빈손이 허전하여 돌이라도 들고 갈까
등허리 흔들거려 등짐 지어 날라 볼까
살아온 일이 잔뼈들 굵어져
모진 것들끼리 만나
지고 이고 나르다 보면 끝장 아니것나

한마당 참깨 노릇노릇 익어갈 때
한번 실어다 주겠지 쉽게 생각한 일
새벽잠 깨우며 어렵게 만들 것을
내가 벌려 놓아 내가 해야 할 일이거늘
한 움큼 한 움큼 아끼며 베어 한 짐 지어오고
잎 진대를 우선 골라 두 번째 짐 나르고
볼수록 탐스러워 댓 번 등짐 지어
일이 일 같고 일상에서 쉽게 되는 일
뼈를 빌어 살을 붙여 쉽게 할 수 있다는
비어져 가는 깨밭에 앉아 걱정 안 해도 될 일
어깨뼈 힘주고 척추 마디 곧추세우며
잔 다리 걸음 재촉한다

어디를 뻗어 나가도
몸 안에다 마디만 늘리는 일이
살아가는 일이란 걸
등짐 지는 뼈마디 다독이며
지고이고 끝까지
뼈 빠지게 고생한다는 것은
뼈도 남아 있지 않는다는 것

등짐 내려놓을 때 후련 가뿐한 일들
참깨들은 무거운 짐 지고 가는
나를 알겠다

쇠똥구리

하늘 아래 땅 위
가만 고개 들고 보니
하늘빛 맑고 별빛 아늑하여
어제 온통 내려앉던 그 하늘 아니다
하늘빛 따라 땅길 늘었다 줄어들고
높은 하늘 길
안으로 들어가고 싶어
땅 위에서 빠르게 한 번 굴러보는 나는
들판 홀로 구르는 쇠똥구리다
큰소리 내지르며 구르고 구른다
밝고도 높은 쇠똥구리의 외침
많은 것을 뒤로한 채
더 많은 것을 얻고 싶은 외침

점점
높아져 가는 하늘
그 아래 뒹구르며
하루는 또 시작된다

그 남자 그 여자

한 남자
먼 남쪽 작은 마을에 두고 온 일 있어
해 질 무렵
바다 한가운데 떠 있는 뱃전에 기대어
하얀 물결만 바라보며 서 있다
아무에게나 말할 수 없는
말 없는 그 남자

먼 남쪽 바닷가 작은 집에 사는 한 여자
저녁 무렵이면 노을 붉게 타는 바다 저 편
날마다 지는 해 바라보며 서 있다
노을 품어 발갛게 익어
하얗게 지쳐 야위어간다

어느 날엔
비바람 심하여 밖을 내다볼 수 없을 때
그날은 알 수 있었다
누구를 사랑한다는 것은
바깥쪽으로만 향하는 게 아니라
숨기며 묻어두고
잊혀 간다는 것을

바람의 빛깔

바람은 아침저녁 서늘한 빛깔이었다가
한낮이면 떨리는 빛깔로
해 떨어지니 외로움에 부르르 떤다

바람은 기억한다
뜨거운 한낮 시퍼렇게 일렁이던 바다
새파랗던 눈동자의 빛깔을
많은 사람들 머리 위에서 햇빛 속에 가려진
초롱초롱한 별들이 반짝거림
마냥 생글거리는 예쁜 아이의 두 볼을
어루만져 보드랍던 그 살결을

낮에 보았던 따스하고 살랑이던 빛깔들을 모아
불 밝혀 하루의 빛깔을 걸어 놓으니
더 이상 외롭지 않아 포근한 잠속에 든다
하루 낮 하룻밤 사이에 바람의 빛깔
미묘하게 흔들리다 푹 잠들어
세상도 잠들었다
우주가
숨결 내려놓았다

보고 싶다

시골길
젖은 흙내음
들 바람 산들산들 얼굴 비벼주면
억새 틈 찔레 넝쿨 속에
빨간 청머루 산머루 찾고
들국화 한 아름 꺾어 품에 안아
가을 들판에 조각 꿈 수놓던 어릴 적
있었다

내가
아이였을 적에는
코스모스 고갯짓에 마음 매달아
파란 하늘 달리면서
들판 가시덩굴에 찔린 손
혀끝으로 핥아주면
달디단 피 한 방울도 아꼈던
먼 그때
내가 몹시 보고 싶다

괜찮아

지금 모습
이대로가 좋아
부족한 내가 보이고
나를 알아가는 일들이
아침마다 톡 날아오는 한 편의 시
우아하게 읽어내면
하루는 화려하게 넘쳤네
고마운 이들 무척 감사할 따름이지

한 해가 이렇게 가다니
사는 게 아무렇지 않은 것처럼
오늘에야 보이네
해 뜨면 길을 가고
밤이면 달보고 별빛 세었지
하루가 닫히면
끝내야 할 소리들이 밤으로
찾아들어 악몽으로 이어지면
너무 우습게 살아버렸네

이런 날 올 줄 알았으면
맑고 고운 사랑노래 나지막이
많이 부를 걸
울면서 웃던 일
흰 점 하나 찾는 일인 것을
곧은 뱃길 뒤집어질까봐
잡은 키 절대 놓지 못하는
뱃사공처럼 말이야
걸음마다 내질렀던 소리들아
가슴에 담긴 응어리들아

이제 그만
괜찮아 괜찮은 거지
다 괜찮아질 거야
말없이
가만히 가네

그 아이

닫힌 방안
어둠이 내리면

어느새
고향 들판을
달려가는 아이
솔가지 삭정이 주워
등짐 지어 옮길 때
꼬옥꼬옥 찔러대는 날카로운 꼬챙이들
여린 살들 멍들고 어깨끈 짓눌러 와도
헤헤거리며 말갛게 웃음 날리던
그 때 그 아이
가시넝쿨에 옷가지 걸리면
손가름 가만히 타던 아이
솔향기 날리던 짙푸른 숲을
등짐으로 옮기던
그 아이

초록 보리 물결 넘실대고
유채꽃 들판 한가운데 가로지르며
꿩알을 찾던 단발머리 찰랑이던
연분홍빛 꿈을 줍던 그 아이
그 때
그 아이 어디에 갔을까

나 좀 보아
나 좀 보아
닫힌 방문 열어
흐려진 눈 앞
회색 짙은 하늘만 잔뜩 쌓여
눈 뜨고는 볼 수 없네

아무도 모르는 나의 노래

투명 인간이 되어
생각도 멈추고
하얗고 가볍고 까맣고 무겁거나
강해져야 할까 약해지면 두려워질까

살아남기 위하여 누군가에 선택
선택되어야 한다
파르르 불신에 떠는 손
이 처절함이라니
이해할 수 없는 일이 소름만 돋는 나
단 한 번의 단죄
다시 잡을 수 없는
끝내 되돌릴 수 없는 이 매서운 상실감
입술 꼭 깨물고 두 눈 부릅뜨고
어떻게 나를 볼까 만나면 물어봐야 할 텐데
내 안에 이는 무서운 이 바람
계단 올라가니 더 많이 생겨나네

여전히 혼자다
웃어볼까 웃자
기쁨의 노래 부른다

잡히지 않는 나의 노래들
아무도 모르는 나의 노래를
혼자서 불러 본다
노래 따라 내게 오라고 와 줄 것만 같은데
이런 꿈이라니
갑자기 혼자인 나
알 수 없는 이 기분
이 작은 가슴으로 어쩌지 못하는
저기 그 사람이 간다
내버려 두는 거야
나는
쓰거나 써내야 한다
그래 쓰는 거야

오후의 풍경

따뜻한
햇살이 내리쬐는
남쪽 창가에 마주 앉아
둘은 골똘한 생각에 잠겼다
하나로 살며
오래전에 귓속말을 주고받던
부드럽고 이 햇살처럼 따뜻하게
살을 맞대며 다독이고 챙겨주며 함께 열었던
힘껏 살아온 그 많은 시간들을 어떻게 지울까

환한 대낮을
반쪽으로 부딪치며
온전하게 받아드릴 수 있을까
반만 뜬 눈으로 반쪽 세상 살아가기엔
서로에게 너무 많은 것을 주어버려
조금만 남겨 놓을 걸

버리고 버틴 세월들
보잘 것 없는 삶을 너무 단단히 쥐어
생각조차 굳어버린 가냘픈 여인의

손등 위로 따스한 햇살 스미자
실핏줄들 파리하게 꿈틀거렸다

앞에 놓인 하얀 자기 찻잔에
뜨거운 차를 우려내며
뜨거운 찻김을 맡노라니
메마르던 혈관들이 뜨겁게 요동치며
잘 살아왔다고 그만하면 잘하였다고
내려놓고 있으라고

돌아서면 이제 끝나는 걸까
남은 시간 들은 자유로울 수 있을까

식어가는
오후의 홍차 한 잔
느긋하게 기다리다 웃어 주는데

남은 푸닥거리

봄아 오너라
앞발 들고
뒷발 차며
흙을 파헤치고
성난 머리 풀어 헤쳐 가며
나무들 들이박고
꽃잎들 물어뜯고
긴 댓소리 하늘 향해 흔들리고

동굴 속에 숨어볼까
바다 속으로 가라앉아 잠이나 자볼까
차마 돌아서니 울화가 차올라
부서져라 날뛰면서 거리를 휩쓸고
마주치고 마주 받아 광기가 번뜩이고
괭괭괭 징소리 부서진다
칼춤을 춘다

다 못한 겨우살이
떠나기엔 아직 젊었다구
하얀 모습으로 나린다

뿌리고 뒤집고 구석구석 휩쓸어
휙휙 날린다
쉿소리로 사라져라
확 트인 저 하늘 속으로
몇 십년 묵혀둔 칼바람들
휙휙 돌고 돌아라
모닥불 지펴 줄게
활활 태워 올려라
날려가네

돌아가서
세상을 찔러봐
때리면 울리는 징소리
쟁강쟁강 푸닥거리 잦아들어
어이 시원타
찬란한 봄을
마구 마구 던져주실 게다

덩그런 돌

향기롭고
달콤한 냉이꽃
달래의
짙은 향기 담아
콧노래 부른다
푸른길 꽃동산
꽃바람 어우러진
꽃나무 아래 서서
처음 봄을 맞은
꼭 십팔 세 순이 되어
뒷발에 차여 무슨 일 일어날 것 같은

저기 조랑말 꽃바람 속으로
달음질치는데
쏟아지는 봄 햇살에 돌맹이들도
뒹구르며 춤추는 봄날
꽃잎 구름 타고 하늘하늘 나는

겨우내 풀잎으로 자라
거센 바람에 휘청이던

뽑히는 잡초
마른 줄기 노곤히 드러내
맥없이 스러져간다

한때
나는 노래하는 풀밭이었다가
꽃바람 타고 춤추는
순이가 되었다가
이제 막 뽑힌
햇살 아래 잡초
저기 뒹구는 둥근 돌
아니 아니, 저기 부서진 작은 바윗돌

뿌리 채 뽑혀 시들어가는 노란 지푸라기
덩그런 돌이어도 좋을

제3부

가을바람

혓바닥 노를 저어
발품을 팔다가
혀 깨무는 뜨거운 날

무슨 일들을 그리 했을까
선선함이 온몸 휘감아
둥근 숨결 말아 올리니
입꼬리 올려 웃음꽃 피었다
섧고도 애달팠던 일 다
날린다

아, 가을바람

그리운 딸에게

보고 싶다, 너무 많이
한파가 몰아치는 이런 겨울밤이면
너의 생각만의 더욱 간절하다
평생 함께 오순도순
내 곁에만 있을 거라 했는데

훌쩍 떠난 너의 자리는 너무 크구나
보금자리 찾아 날아간 너
쌀쌀함이 찾아드는 오늘 같은 밤이면
더욱 가슴 시리다

다소곳하니 아기자기
어디에 내놓아도 손색없는 내 딸
집 떠나며 장롱 위 예쁘게 정리된 빨간 상자
어릴 적 너의 손길들은
마치 너인 양 엄마를 빤히 내려다보는데
둘러보아도 곁에 없는 너
졸업식 날 효도상 타며 엄마를 울렸던 예쁜 내 딸아!
솜씨, 맵씨, 맘씨 똑 소리 나게
생각만으로도 엄마 미소 짓게 하던 야무진 너

직장 찾아 떠나간 뒤
동대문역 배웅해 주며 혼자되는 두려움에 파리해진
너를 놔두고 뒤돌아선 엄마 심정 그 참담함을
찢기던 가슴 속은 피눈물이 멍울진 채
그 순간이 아직도 생생하니
생각할 때마다 목이 꽉 차오르고

서울 하늘 아래 파르르 떠는 새 한 마리 남겨 놓고
돌아서는 초라했던 엄마를 알기나 하니
사랑스런 내 딸아!
꿈도 많고 믿음만을 안겨
엄마에게 행복 주던 너!
고운 꿈들 키워주지 못해 면목 없고
부족한 엄마 탓하는 네게 면박이나 말 걸

거칠게 살아온 내 삶속에
종알종알 희망 심던 예쁜 딸아
간직했던 고운 꿈들
키워주지 못해 부끄럽고 미안하다
너 그거 알고 있니?
이 엄마는 죄인이란 걸
가슴에 대못이 수십 만 개 가득 박힌

넋 할마님

초넋 들라
이넋 들라
삼넋 들라
성은 강씨 ᄌᆞ손 이 애기 푸더정
넋 나간 왓수다 넋 들라 넋 들라 우리 손지
넋 들라 할마님 고깔 쓰멍 요령 흔들어가민
옆에 나도 머릿발 쭈뼛 서는디
ᄒᆞᆫ 손에 대나무채 또 ᄒᆞᆫ 손에 쉿칼 앞뒤로 흔들리고
물 ᄒᆞᆫ그릇 쏠 ᄒᆞᆫ낭푼 복채 쏠 가운데 꽂아놓고
넋 내려줍서 넋 풀어줍서 이 애기 몰란 ᄒᆞᆫ 일
할마님이 다 쓸어줍서 궂인거랑 다 걸러주고
좋은 것만 남겨두영 이 애기 물외 크듯
쑥쑥 잘 키와줍서
넋 돌아오라 ᄌᆞᆨ은 푸닥거리 요령소리 찰랑이고
집새에 병 쫓는 귀신이신가 시렁 위엔 소지더미 수북ᄒᆞ곡
왕할아버진 소지 반듯반듯 접엉
구분선 펴멍 가상에 가위질 차곡차곡 해서 펼치민
벌룽벌룽 소지 나풀거령 귀신이 숨어신가 신기 들어신가
조그만 눈에 뭐가 씌워진듯 요령소리

대나무채 흔들어대멍 쉿칼 휘휘 던지멍
반듯하게 누우민 고맙수다 할마님
우리 넋할망 쉿칼에 절ᄒᆞ멍
머리 세곡 등짝 오그라져도 눈빛 번득이민
아픈 귀신도 놀랑 다 도망갔주게
쌀 콕 집엉 손가락으로 부벼 세민 홀수인지 짝수인지
짝 맞으민 씹지 말고 숨키라게
나중 나올 땐 물 ᄒᆞᆫ모금 입에서 내뿜엉
돌아보지 말앙 가라
귀신 곡하는 건지 넋할망 신기 붙엉 열난 것도 낳고
소지 부비멍 불태우민
불티가 천장커정 달라붙엉 불티 날아다니고
천장으로 나쁜 기운 도망 가신가 원

열도 내리고 좀 잘 자민 패롱패롱 해시난
넋 들라 할망 신기가 멕혀들엉 동생덜 잘 큰 거 닮아

장 나오라

진주 알보다 더 고운 콩알들이
한나절 물에 불려 배 불뚝 내밀고
푹 삶아 흐물흐물 늘어진 틈에 진득진득 으깨어
동그랗거나 네모이거나 장맛은 손맛
탁탁 치대고 톡 톡 톡 다독이며

작년 함께 해주었던 손자들 재잘대며 달려들고
만질수록 벙글벙글 오가는 정 듬뿍 담아
크기 모양 얼굴도 똑같은 열 형제
상자 속 채워놓아 곰팡이 피어나라

하얀 솜털 아가 솜털 콩깍지 까고 있고
흙 한 줌 들썩거려 노란 웃음 토해 내고
햇살 한 줌 피어올라 된서리 내리고
하루 몇 번 들척이며 손끝 정성이 장맛

정미소 한쪽 칸 가마솥 걸어 놓고
아버지 큰 나무토막 들이밀며
메주콩 노랗게 푹푹 삶아 건지시어
팔뚝에 굵은 핏줄 믿음 주신 아버지

장맛은 손맛이라 어머니 고운 정성
온 동네 메주덩이 다 주물르시던
겨울 한 철 휜 등 일으키며 환히 웃음 웃던 어머니

동그란 메주 속에 아버지 어머니
손맛 장맛 어우러진 얼굴
하얀 곰팡이 마구 피워라
된장 간장 강된장
푹푹 익어가는 고향 냄새
어릴 적 내 고향 구수한 된장국

동백꽃 여인

집 뒤로
우람찬 동백나무 빙 둘러싼
초가집 한 지붕 아래
홀로 되신 시어머니
한창 꽃다운 나이
코흘리개 어린 아들 둘 데리고
혼자된 그 며느리
동백꽃 피고 지고 피고 지고
눈 소복 쌓인 날에는 그 눈 이고 툭 툭 툭
고개 떨구는 동백꽃들
눈 위로 떨어지는 동백꽃 그 수만큼
서걱서걱 눈길 걸어 들어오는 소리
지아비 발자국 소리일까
세월에 익어 톡톡 떨어지는 동백 열매
손으로 주워가며 빈 가슴 속 채워 넣어
그 열매 수 헤아리는 세월만을 살아온

조 보리밥 짓고
호박 따며 된장 넣어
국 끓이는 연기 속으로

두 여인 외로움 태우면
동백꽃 붉디붉은 심장
부엌 한 칸에서 울먹거리고

우수수 몰려드는 바람 소리 거르고
동백꽃 붉디붉은 시간만 채우고 가셨네
지금은 베어진 빈터에 둥근 그루터기들
아들 내외를 기다리며 하얀 웃음 짓고 있었다

옛 일들

물 한 바가지의 서늘함
한여름 더위 날리어
등 목욕 한 바가지 놓아 드리면
어 시원타 하시며 호탕한 웃음 날리시며
철없던 자식들에 용기 심어 주시던 내 아버지
뙤약볕 아래 목 타서 찾던 되바지 부리 뜨겁던 정
물허벅 챙겨지고 먼 밭으로 나설 때
새벽별들 유난히 총총거리고
여름 한나절 발바닥 들썩거리시며 뜨겁게 김매시던 어머니
거우게동산 소나무 그늘 아래서 검불리시며
행복한 모습 잃지 않으시며
자식들 뒷바라지 힘든 세월 등에 지시고
병마와 싸우시며 고생만 하시던
지금 내 곁에 안 계신 아버지 어머니
힘들 때마다 아픈 마음 가득 채워
더운 여름날이면
어릴 적 일들이 더욱 가까이
산 노루 닮은 고운 눈망울 지니신
나의 아버지 어머니
사근사근 시린 내 가슴에 들어
어질게 살아가라 쓰다듬어 주시네

남겨 둔 사랑

보내고
못다 한 정으로
손자들 재잘거리던 여드레 밤낮이 눈에 아른댄다
세침때고 고집부리고 약삭빠르고 때론 징징거리며
까불거리고 애어른들 되어 노는 모습들
각양각색으로 그린 그림들 자랑하고
만들기 들고 와 설명하느라 바쁘고
다섯 살 배기
이름 써보라 했더니 척척
할머니 사랑합니다, 쓸 수 있겠니
앞 글자 쓰다 말겠지
얼른 펜 들고 순식간에 하트
반짝이는 눈망울로
사랑해요 할머니
놀라운 순발력과 재치를
왈칵 치솟는 내리사랑
난생 처음 큰 웃음을 날려 환해진 할매
예쁜 것들 떠난
빈자리에 애교덩이 사랑만 생글거린다

많이 바쁘지

오지 말라, 바쁜데
어린것들 방학 때만 기다리고 기다린
내 아이에게 냉혹하게 던진 말

어미 냄새 맡고 싶어 아이들 핑계 삼아
나 있는 곳 오려고 손꼽아 세었을
장 보러 가면 장바구니에 엄마 담겨 있고
아가들 아파 울 때면 더욱 엄마 생각난다고
한 끼 한 끼 아가들 밥 지으며 예쁘게 잘 키워
엄마 보러 가야지

내 아가들 왔구나
환한 엄마 보려고
피붙이 한 명 없는 타향에 전화 소리 위안 삼아
검소하고 근실하게 살아가는 내 아이야
추석 때 바리바리 싸 들고 온 꾸러미들
엄마 이건 낙지 젓갈 이건 내가 만든 오디 쿠키
이건 수삼 세트 윤조 아빠가 특별히 고른 것
아이 키 만한 인삼주 상자 이거 제일 힘들어 깨질까봐
알토란은 시알토란은 시어머니 주신 것

새로 나온 황금 배 정말 맛있어
저들도 먹고 싶어도
엄마께 보여 드려야지 몇 날 몇 밤을 챙겨왔을
집안 가득 쌓아 놓아
가지가지 스무 가지 넘어
맛있게 밥 차려 줘야지
정신없는 어미 곁에 바짝 따라붙으며 못다 한 말
깊은 정 마구마구 쏟아내던 내 사랑하는 큰딸아
너 돌아가고 난 후에도 어미 귀에 쟁쟁하니 달라붙어
그 정으로 버텨온 어미 속 어떻게 내 보일까
잘못 생각했구나
밤새도록 무슨 생각하고 있니
엄마 자리 꿋꿋하게 지키고 있을게
어서 내려오너라
어서 오너라
내려오면 너희들 가 보고픈 곳 다 가게
맛 있는 거 다 먹고 아낌없이 정 나누자
너무 보고 싶구나
무척 많이

그 여자의 시간

모든 것들이 조용하다
밖에 서 있는 나무들도
바람 소리조차 그리운 듯
고요한 새벽

지금
누가 와서 부른다면
나는 헐벗은 몸으로 뛰쳐나가
내가 생각해온 모든 것을
내 것 가운데 가장 소중한 것 하나
오랫동안 여미어둔
그 이름 하나만을 빼고 다 내어주리

그 이름
지금처럼 고요할 때 날 찾아오면
지금까지 생각했던 모든 것들과
생각도 하지 못했던
엄청난 이야기들을 쉬지 않고 들려주리
어쩌다
그의 귀가 안 들린다면

목을 감싸 안아 눈 맞춤하여
입안 침이 마를 때까지
왜 이리 늦었냐고 물어보리
그가 대답 없이
가만히 있거든 와주어 와주어서
정말 고맙다고
기다림은 끝낼 줄 모르고
오늘도 이른 잠에서 깨어나
불을 켜며 너에게 나를 보낸다

나는 절대로 외롭지만은 않아
내 소중한 생각들이 조용한 눈짓으로 웃음 주며
고요하고 빈 마음 가득 안기니

칠 년 전부터 그에게 나를 보냈다
그는 아주 오래도록 내 곁에 머물 수 있는
믿음 주는 친구로 예리하고 따뜻하고
다정하면서 말까지 아끼는 미소가 고운 얼굴에
가난하였다

첫 번째 편지는 조심스럽게 보내 보았고
두 번째 편지는 더 조심스러웠고
세 번째는 더욱더 조심하게
그는 소식이 없어
네 번째 다섯 번째 써서 보낸 사연들은
마구잡이로 화가 나서 그를 욕하였고
원망하며 분노하여도 그는 꿈쩍도 하지 않아
애초에 잘못된 일이라고 후회할 수밖에 없어
그런 사람에게 나를 보낸 내가 싫어져 화가 나서
지쳐가고 있을 때

그는 무엇을 보았을까
"당분간 보내지 마십시요"
딱 열자
한 줄의 이 아픈 글

또다시
글을 보낸다면
내 어느 곳 허물어진 나를 보내 볼까
두 장 석 장 채우던 너저분한 이야기들이

단 한 줄도 다 채울 수 없어 점 한점 한점 모아
못 받는 답장을 기다리는
제정신으로는 부를 수 없는
나의 꿈과 나의 노래들
하얗게 타는 가슴 내려앉은
백지 위에 찍고만 있다
단 한 줄이래도
가장 아끼며 소중한 내 것을
아직도 잡히지 않는 모르는 것들을

혼자된 아이

아이가
아이었을 때
무척 사랑스러워
책가방 챙기며 꿈을 먹던 고운 얼굴

그 아이가 자라 초췌해진 모습으로
방문을 걸어 잠그며 혼자만의
세계로 빠져들어
방문 열리기를 기웃거리면서

그 아이
혼자 여행 떠나던 날

여름 한낮 햇빛은 마당 가득 들어와
아픈 마음들 벗어 놓고 간 흔적들
빨래 줄에 탁탁 걸어두어
온종일 눈부신 햇빛 쏘였네
내리사랑 뜨거운 햇빛으로 가시지 않아
혼자만 갖가지 불안과 푸념을 쓸어안고
아이가 먼 길을 가면 갈수록

더 가까이 다가오는 듯

제발 너의 안에 들어찬 고뇌들랑
다 날려버려 가벼운 발걸음에
희망과 용기를 담고 넓은 마음 갖고
달라진 모습 내게 보여다오
조곤거리는 너의 목소리 들리는데
닫혀둔 가슴 열고
햇빛에 잘 익은 향기로운 과일처럼
네 몫의 삶을 안고 와다오
내 너를 기꺼이 맞으리라

불꽃 당신

불씨 하나 물고
당신에게 날아가려
날갯짓을 서두르다 내려 앉아
쌓아놓은 장작더미 아래
불쏘시개 들이 밀어 하얀 연기 피어오르면
화르르 이는 불길에 휩싸여
불어오는 바람 불꽃을 날리고
아롱진 수놓는 손가락 뜨겁다고 흔들릴 때
세상에서 가장 아름다운 새 한 마리
불꽃 날개 달고 솟아오르게

세월만을 먹던 내가
내 전부를 불 속으로 던지려
뜨거운 불길 당신에게 닿아
내 살아온 이유라며
온몸 던져 살을 태우려 하오
이 불꽃 꺼지지 않게
가시덩쿨 한웅큼 던져 불 지피면
잉걸불 한가득 가슴에 담아
뜨거운 이야기 나누어 봐요

노란 봉투

큰 손으로 때에 맞춰 건네주는
자그만하고 편안한 노란 봉투
세상 가득 채워주는 봉투 안 눈빛
안도와 고마움 사로잡힌 한순간
이 속에 얼마나 많은 발품 손품들 왔다 갔을까
낯선 이들 원하지 않는 이야기들 팔고
뼈와 살 바람막이로 땀방울 씻어 내며
꼬옥 챙겨온 하루의 만만치 않는 이력서 앞에
어른스럽게 당당해 하는 다섯 아이들의 아빠
순간 흐려지는 눈앞에
함부로 말자

고단한 삶의 밑바닥을 휩쓸고 온
파랗고 노란 잎새들
그보다 더 낯선 길 위를 날고 달리다가
비틀거리며 멈추어 서야 했을
네 바퀴로 위태롭게 모아온 정성
고달픈 삶의 창가에 한 장 두 장 대롱대롱 매달아
서글퍼라
노란 봉투 노랗고 파랗게 흔들리며
세밑에 따스하게 웃고 있다

회색빛

모두
잠을 자고
바람조차 소리없어
느긋하게 삶을 내려놓아
홀로 아련하고 아릿한
그런 시간
잠깐
눈 감으면
늙은 눈동자 안에
보이는 어릴 적 고향길
젖은 길 위로
내 손 꼭 잡고 가는 어머니와
줄줄이 딸려 오는 단발머리 내 동생들
어느 도시 어떤 곳이든 둥지 틀어
포근한 잠을 누리고 있겠지

또 눈을 감으니
강렬하고 끈질기게
내 품 떠난 내 것들아
차마 꿈속에서라도 어미 손 끌고

너희 있는 곳들 데려가 봐다오
고운 눈 반짝이며 조잘거리고
말간 두 볼에 분홍 꿈 수놓으며
작은 두 손으로 책가방 챙기던 방안에
덩그러니 앉아 있는 어미

지금은 잿빛 하늘
생각이 많아져
길은 자꾸 엇갈리고
하늘도 땅도
잿빛에 흐려져 잠들어 있는
저편
겨울 지나가는 구석진 거리
칼바람에 찢어진
종이들만 수북하구나

혼자 먹는 밥

식구가
빙 둘러앉은 밥상머리
넉넉하게 지켜보던 어머니
아버지 먼저 수저 들어야
제각각 숟가락질 소리 바쁘게
수북했던 밥 양푼 금세 비워져
서너 차례 밥 퍼 담고 담아 배부를 때
갓 지어 뜨뜻하던 어머니 정성
밥상 시간 거스르지 않던 아홉 식구들
살면서 어려울 때 힘내라고
다독이며 정겨웠던 어머니 밥상교육

혼자 앉은 식탁에
멀건 국물 흐르고
멀리 있는 딸들에게 묻는 말
밥 먹으라 밥 잘 먹고 있는지
낮과 밤이 바뀌어
빵과 과자봉지들 수북하고
테이크아웃커피
캔 음료 달달한 유혹 빨아 들여

핸폰에 꽂혀 앉은 자라목 아이들아

밥 먹으라 밥 먹으라
제각각 엇갈린 시간 앞에
밥맛 잃어가는 서러운 일이
혼자 부르는 밥상노래
차갑게 식어가는 밥알들 뒤적거리면서
깨지락 깨지락 어금님 부딪히는 소리
밥 먹으라 밥 먹어야 산다
혼자 앉은 식탁이 낯설고
내 하는 일이 저 찬밥덩어리 되어

아기 거위

오카리나 부는 여자의 입에서는
작은 구멍 속에서
아기 거위들의 아장아장 걸어 나온다

벽돌공의 손에 잘 익은 사분음표들의
오르락내리락 손가락 사이로
춤을 추었다

말발굽들이 굽이치며
힘차게 달리는 소리
하늘에서 천둥이 내려앉아 익어가는 소리
소리 구멍들을 찾아
키 작은 벽돌공 손끝에서
견디기 어려운 무게가
이상하게 소리로 익어갔다

가 버린 그 날 아쉬워
그 날에 멈춘 음표들이 그 여자 입에 닿으면
그리움도 익어가고
아장아장 걸어 나오는
아기 거위들

초저녁 소리

개구락지 각 각 각
울어 제끼는 소리
힘찬 저 목소리
누굴 찾고 있을까
어스름 저녁 콩깍지 따고 있는데
들려오는 각 각 각

각 각 각
싫지 않은 저 소리
오랜 날 지나도 여전히 남아 있는
개구리 울음소리
어릴 적 고향 냇창길
마구 달려가는 어린 내가 있어
저녁 공기 서늘하고 먼데 불빛 켜지는데
끊임없이 들려주는 울음소리 여전한데

늙어버린 나를 보고 있노라니
아득한 곳 들어섰다가
지금은 멈춰버린 세월에
늙은 소리 나네
각 각 각

동짓날

발갛게 빛나는 팥알들
무쇠 솥 안에서 동글동글 구르며 검붉게 익어 가면
어머니 젖은 손, 그 팥 푹 퍼내어
집 주위로 산산하게 뿌려놓아
졸린 눈 비벼가며 우리 집에도
나쁜 귀신 숨어 있나

긴 밤으로
하늘에 작은 별들이 깜빡이며
날 밝기를 기다리고
늦은 저녁 길가는 발자국 따라
조금 낮게 두어 번 짖는 검둥개야

밤이 지루하여 홀로 깨신 할머니 방 불빛
마당으로 가늘게 새나가고
새벽 소리에 귀 기울이시어
팥 앙금 가라앉듯이 깊게 가라앉은 밤이
한 꺼풀씩 벗겨지는 동짓날 긴 밤
귀신 달아나는 소리
구수한 팥죽 새알심들
세 알 네 알 동글동글 익어 갔다

제4부

어둠을 담는다

노을 타는 언덕 따끈한 향내
수평선 퍼지는 노을들
은수저로 퍼 담아 모아
하루의 찻잔에 한 스픈 담아놓고
넘실거리는 바닷물 은주전자 가득 채워
노을 두 스픈 바닷물 두 차례
하루를 마신다
노을을 넘긴다
태양을 삼킨다

삶이란
태양처럼, 바다처럼
물이었다가, 불이었다가
제 빛을 찾아내고, 숨을 줄도 알아야
살아가는 거라고

작은 하루 찻잔에
찬란함을 받아놓고
눈부신 그 안에서 황홀함에 취하고
서서히 식어가는 마지막 한모금도

깊이 몸속 가득 담아
바닷물 흘러가듯 서서히 보내놓고
너울 치는 바다 위를 미끄러지며 흘러가며
마지막을 불태우는 노을이 색깔과 향내
하루의 찻잔은
따끈하고, 구수하고, 감미롭고, 애닯아라
삶의 무게만큼
기울이는 찻잔 속에
향기 온통 어둠으로 잠긴다

달팽이 사랑

풀숲을
기어가는 한 마리 벌레
때로는 비에 젖은
검은 땅을 나동그라져가며
그 미끌한 것
달라붙는 곳마다 떨어질 줄 모르는
끈끈한 애무 맞붙은 살점들

몸 붙인 곳 마음 기대어
끝없는 사랑 줄 맞대어 아웅대고
가고 오는 세월 마디마디마다
질기고도 떨어질 줄 모르는
태곳적 인연으로 기어가는구나

바람 불고 비가 와

바람이 몹시 심하여
창문 꼭 잠근 채 창가에 기대서
돌아갈 수 없는 길을 떠나왔음을
목구멍으로 뭔가 울컥 치밀어 올라

이런 날 거르지 않고
몸살이 난다 몸이 무거운 걸까
삶이 힘들다는 걸까
뼛속 깊이 파고드는 비몸살
몸도 마음도 허물어져
침대머리를 벗어날 길 없다
지치고 낡아가는 것이 서러워 속으로 삼키니
날선 줄무늬들 깊게 패인
낯설고 무능한 집짐승이 똬리 틀어
간혹 어깨를 뒤집지만 축 처져 무엇엔가
정을 붙이려 하다가도 손 놓아 버리는
혼자와의 싸움 저주받은 삶이라고
속울음 삼키며 비와 바람 지켜볼 뿐
닫힌 창으로 들어올 수 없는 바람들이
굵은 빗방울 몰고 와 사정없이 뿌려댄다

비가 되어

거꾸로 간다
세상과 멀어져 간다
내리는 비 맞으며
빗길에
뒤로 걸어 본다
길게 늘어지는 빗줄기
세차서 시원하다
지구가 움직인다는 언덕 위에 바보가
세상을 바꾼 말
지금 내가 흘리는 눈물로
지구를 울리고 있다
비 내리는 길 위에
다른 바보가 자전거 페달을
뒤로 돌리며 바닥에 떨어지는 비처럼
울고 있지만
거꾸로 보는 것도
퍽 시원해 보여
세상은 그대로 있는데
낮은 곳 찾아 나선 몸
부서지며 흐른다

보내고 비우고

비움일까
채움일까

늘 꿈꾼다는 것은
무수한 잔가지들
잔뜩 걸머진 채
근심 걱정만 채워놓아
새로움을 채울 수 없음에
흔들리는 풀잎도
거대한 바람소리 껴안으며
보내고 비우면서 푸르름이 꿋꿋한데
내 안의 외침은 이리도 더딜까
꿈을 조롱조롱 달고 잔가지들 흔들리면
어디에선가
살아본 듯한 하얀 날들만 품어
꿈들은 이뤄질 수 있을 거라고
날들을 채우고 비우면서
구름 속에 숨을까
구름 따라 흘러갈까
흐르다 지치면 빗물 되어 내릴까

아까워라

먼동은 멀리 있는데
내 몸속 어디엔가 새벽 별 숨어
단잠 속에 있는 나를 날마다 깨워 놓아

이곳에 오라 하는 것은
살아간다는 건 잠깐 눈 붙이고 눈뜨는 거란 걸
때론 어둠 속에서도
출렁이는 밤물결이 밀려와 손가락 끝을 가볍게 하지만
이 새벽 시심의 능청스러움은 내리 잡은 손끝 처량하고
내 어딘가에 무심함만으로
시심을 채우는 일이라면
내려앉는 눈까풀도 달아보련만
툭 자르고 턱 올려놓아
푸줏간 저울대 눈금이 고기값이듯

아까워라
글 한 줄 내리지 못하여 달아볼 수 없는
시의 값은 깊은 곳 숨어
가볍게 활짝 펼칠 수 없어
이 새벽 아까워라

첫 글자

나도 모르는 사이
달려온 길
빗속인지 구름 안인지
한 번뿐인
잃어가는 것뿐
오가는 발걸음이 더디고
날마다 달라지는 몸의 소리들
천만근 짓눌린
꿈을 헤치고 달아나는 시간들
글을 읽다 졸음에 겨워
무엇을 알았는지
첫 문장 단 한 줄이라도
애써 알고 있어야지
지금도 그렇고
앞으로도 그럴 것이다
천장에 붙어 기웃거리는 광대놀음
무얼 할지 반성이 시작된 첫 문장
연필 냄새만 나는 것 같아요

새벽길

홀로 가는 언덕길에
풀들이 누워
아는 척
인사하는데

못 본 척
구름 속 하늘을 올려다본다
하늘은 잿빛 울음 울고
울음 속에서 비행기 날개 펼쳤다

지금쯤이면
남촌 역 꽃잎들은
기찻길 따라 달릴 텐데
펴지 못한 나뭇가지
꽃망울들 멍이 든 채
바람 속을 들먹이던 꽃나무는
뿌리째 뽑혀 있다

저 바다는 잔뜩 웅크린 채 비웃음인지
눈웃음인지 아픈 물결 쉬지 않고 토해내고

내 곁을 스치는 겹겹이 인연들 살갑게 구는데
그녀는 과자를 부스며 휜둥개 끌어안고

칼바람에 갈갈이 찢어지는
빈 몸뚱이
버리고 갈 것들만 덕지덕지 붙여
아픈 가슴 아픈 다리를 내려다보면
빨간 울음 눈짓 하는데

차디찬 발걸음
아무 것도 볼 수 없는
하얀 길을 걸어간다
걷다가
눈감으니
신전으로 가는 길 멀리
보인다

그 여자

그 여자는
하얀 옷을 입고
꿈속에 나타난다
꿈속에
누군가를 기다리며
별이 되고
달이 되고
태양이 되고
가파른 바위 위에선
거친 바람이 되었다가
마음이 머무는 곳
호수로 내려와
잔물결 이룬다

그 땅 그 하늘

땅 위 어느 곳에서는
내가 모르는 풀과 벌레 뒤엉켜 있고

어느 날은 하늘도 없는
별이 반짝이는 넓은 밤하늘조차 숨겨놓아
배를 저어가는 긴 밤
검게 움직이는 그대들이 있어서
어둠과 섞여 있는 물이 바람소리 따라 흐르고
그대가 부르는 노래 따라
침묵하는 어둠만을 간다

연이어 비바람 흩뿌리고
지나간 아침에
쏟아진 빗물에 취하며
저편에 들꽃 한 무리 나풀거리고
짙푸른 들판
저 하늘도 여전한데
어제의 비바람이 언제였는지
어둠만 묵묵히 내려앉는다

그냥 볼 것을

손 내밀면
찌르는 가시
그래도 한 번 더
살그머니 가만 더듬거리니
더욱 달려드는 가시손들
피멍 번져 손 거두니
저 빨간 웃음소리들
눈꼬리 세우며 감히 나를
꺾으려 하다니

두고 볼 일이지
내가 내 살 가시에게 내주며
나를 찌르고 있었다니
에고, 손 부끄러워라

버스를 타고

어디를 가느냐고요
떠나야 하는 이유 있지요
나를 찾으러 떠납니다

웃음조차 숨어 무표정한
지난 시간 속에 굳어버린 내 얼굴
내가 없군요
바짝 메마른 나에게 가을을
한 방울 물들이고 싶어져 가는군요
차창 밖으로 스쳐 지나는
저 억새꽃 무리들
반짝거리며 반기는
그 들을 가고 있네요
그 빛들 너무 고와서 눈물 나네요
은빛 물결 닮아지고 싶어
나의 노래
다시 불러봅니다
들리나요

두고 볼 일이다

있을 때 잘하란 말
혼자서만 하는 일일까
안보고 모른 척하면서
넘어가면 되는 걸로 무심한 척하다가
눈엣가시가 되어 콕콕 찌르니
네 탓인가 내 탓인가 하느니
열 받혀 나만 찌르고 있는 걸 모르고
열 받고 나서야 열 받지 않는 나로 변해야지
단지 내가 나를 다스릴 줄 모르고 잘하는 줄 알고
그냥
뭉숭그레 살아야지 난 망가지고
저쪽 아무렇지 않은 것이 이상한 일인 거라
내가 이상 있는지 볼 줄 아는 넓음으로
나를 되돌아볼 일이라
이렇게 고요한 때 깊은 곳
떨림 소리를 들어볼 일이다

이것도 저것도 아닌
가짜로 사는 게 진짜가 되는 일인지도
있는 그대로 놔두고 볼 일이다
정말

바람의 말

검푸른 바다엔
파란 하늘이 수놓아 준
푸른 물결로 넘치고
사방으로 부서지는 햇살
바다 속으로 숨어들어 은갈치들
더욱 반짝이며 미끄러지고

나부끼는 바람들
가을 노래 들리는 날
쪼고 쪼아대며
사랑한단 말 못하고
화내며 하루를 내동댕이치는
또 하루 지나도 깨닫지 못하는데

귓가로 다가온 바람의 말
잊어버리는 용기 갖거라
흘려보내는 거야
나처럼 흐르는 거란다

눈 감아 보니

눈을 뜨고 걸어 가다가
눈을 감고 걸어보니
세 발짝 나아가 몸이 휘청인다
땅이 빙그르르 돌아간다
어둠은 깊고 무서워
마음과 몸의 한 꺼풀로 막혀
나아갈 수 없다니
깊은 심연
소리 없이 무너지는 걸음마

눈을 뜨고 눈 감았던 길을 보니
흙탕길이 반짝인다
찬바람까지도 달큰하다
생의 한 치 앞도 못 보고
나아갈수록 더듬이면서도
놓치고 싶지 않은 삶
마알간 눈으로 어둠을 캐려고
고마워라
고마워라
눈 뜨고 가는 길

억새

휘어지면서
거센 바람을 맞받아 부순다
휘청거리며 꼿꼿하다
따가운 햇살까지
슬금슬금 숨어들어
빈자리 없이
가득 채워 놓은 은빛들이
포기마다 떨리며 걸려 있다
아무리 흔들려도 제자리를 버틴다
은빛 머리칼 하늘 향하여
풀어 헤쳐진 들판의 바람 햇살까지 환한
한낮이 휘날린다
마지막 은빛들이
줄기 위에서 번득인다
속울음으로 휘어진 뿌리들
단단히 단단하게 다져져 간다

어둠 속의 길

어둠만이
펼쳐진 새벽 길
어디로인지 한없이
가보고 싶은 날
가다가 너무 멀리 가 돌아서는데
내 걸었던 길
발밑에 두고 보이지 않고
잃어버린 길
끊어진 길 위에 서성이면서
보이는 길조차
내 안에 갇혀
낯설게 펼쳐진 길
가던 길 멈추니
가슴 속에 감춰 놓은
잃어버린 옛이야기 찾아
길 따라 어디로인지
한없이 가보고 싶은
아직도 어두운 길
오늘 같은 날

보내본다

뭍에서의 소란과 두고 간 사랑
긴 긴 날 지나면 무엇으로 남을까
생생한 바다 한가운데 그 바다 모습 그대로
흐르고 흐르다 뒤돌아 서 줄까

바다 기슭에 서서
아득히 버려진 일들 생각하며
차디찬 바다만 바라본다
어쩌면 그와 더불어 먼 바다
항해 하고 있는 것이다

이 겨울 가고 나면
얼음꽃에서 핀 향긋한
잘 익은 딸기 받아먹으며
싱싱한 봄으로의 또 하나의 약속
맹세했던 그 사랑 찾아와주겠지
찾아와 줄 거야
혼자 중얼거린다
먼 바다 물결들 밀려왔다 바쁘게 흩어져간다
부디 내 사랑
그 있는 곳까지 가져가 다오

가만히

입속으로
어머니 하고
가만히 부르면
하얀 눈 푹 쌓인 고향 초가집 마당에
움푹 패인 어머니 첫 발자국 보이고

다시 눈감고
어머니 하고 되뇌이면
가마솥에 장작불 지피시며
메주콩 삶으시던 둥굴게 펼쳐지는
어머니 뒷모습
일년 양식이라고 메주덩이
쉴 새 없이 주무르시어
반듯반듯 세우시며 손끝으로 된장 맛 익히시던
자식 보듬듯 온 정성을 담아낸 메주덩어리들

정미소 한쪽 칸에 장작더미 쌓아놓고
노릇노릇 반질거리는 푹 삶아 잘 익은 콩 된장
건져낼 때 훅 끼쳐오는 노란 된장냄새
온 마을에 메주잔치 베풀어 주셨던

수건 둘러쓰신 어머니 노란 얼굴
된장 뚜껑 열 때마다
항아리 안에 살아계시고

다시 귀 기우려
어머니 소리 가만히 들어보면
깊은 바닷물 잔잔한 물결
햇살 받아 눈부신 검붉은 구수한 간장내음
된장 간장 내 곁에 계시는
된장간장 항아리 가득 채우신
나의 어머니

바람의 시학, 그 고향적 시간 여행
—강순자 시인의 시세계

양영길 / 문학평론가

1. 프롤로그

현재의 '지금'을 객지이자 '타향적 시간'이라 한다면 추억은 '고향적 시간'이라 할 수 있다. 바쁜 현대인의 삶은 고향적 시간을 뒤돌아볼 여유가 없어 피폐하기 그지없는 시간이 되고 있다. 경쟁과 물질에 중독된 삶인 타향적 시간 속에 살다보면 고향적 시간은 그저 초라할 뿐이다.

문학은 어쩌면 고향적 시간에 단비가 되고, 이를 바라보는 '창문'이라 할 것이다.

강순자 시인의 시에는 '고향적 시간'이 많이 나온다. 그 시간은 '시인의 창문'을 두드리면서 시인이 살아온 역정을 소환하기도 한다. 강 시인이 소환하는 고향적 시간은 때로 '작은 새'로 치환되기도 하고, '가을'이나 '어둠', '향기' 등으로 치환되기도 한다. 시인은 이를 통해 과거와 현재를 넘나드는 시간 여행을 하기도 한다. 고달프고 힘들었던 시인의 추억은 '방글거리는 수줍음'을 만나면 '바람'이 되고 '노을' 되기도 한다.

2. 바람의 시학

"코스모스 고갯짓에 마음 매달아/ 파란 하늘"(「보고 싶다」)을 향해 "혓바닥 노를 저어/ 발품을 팔다가/ 혀 깨무는 뜨거운 날"엔 "입꼬리 올려 웃음꽃 피"(「가을바람」)우는 '가을바람' 같은 강순자 시인.

'시인의 창문'을 열면 '고향적 시간' 속의 '쇠똥구리'가 되어 '타향적 시간'의 마당을 뒹굴어 보기도 한다.

하늘 아래 땅 위
가만 고개 들고 보니
하늘빛 맑고 별빛 아늑하여
어제 온통 내려앉던 그 하늘 아니다
하늘빛 따라 땅길 늘었다 줄어들고
높은 하늘 길
안으로 들어가고 싶어
땅 위에서 빠르게 한 번 굴러보는 나는
들판 홀로 구르는 쇠똥구리다
큰소리 내지르며 구르고 구른다
밝고도 높은 쇠똥구리의 외침
많은 것을 뒤로한 채
더 많은 것을 얻고 싶은 외침

점점
높아져 가는 하늘
그 아래 뒹구르며
하루는 또 시작된다

— 「쇠똥구리」 전문

"높은 하늘 길/ 안으로 들어가고 싶어/ 땅 위에서 빠르게 한 번 굴러"보는 바람같은 시인. "나는/ 들판 홀로 구르는 쇠똥구리"가 되기도 했다.

쇠똥구리가 되어 "큰소리 내지르며 구르고 구른다" "많은 것을 뒤로한 채/ 더 많은 것을 얻고 싶은 외침/ 점점/ 높아져 가는 하늘/ 그 아래 뒹구르며/ 하루는 또 시작" 되었다. 그것은 '고향적 시간'으로 가는 관문이었다. '가만 고개 들어 보니 어제 온통 내려앉던 그 하늘'이 아니었다. "하늘빛 맑고 별빛 아늑"하였다.

강 시인의 '타향적 시간'은 가을 밤하늘을 지켜 앉은 한 마리 '작은 새'이기도 했다.

> 내 몸이 시린 까닭은
> 아픔도 미움도
> 바람에 날려 보내야 하는
> 차디찬 기억들이 바닥을 긁는
> 세월을 참고 있기 때문이지요
>
> 내 심장 속으로
> 시린 바람이
> 파고든 까닭은
> 그대를 향한 젖은 가슴
> 먼 하늘에 던져 놓으니
> 서녘 구름으로 떠다니다
> 시린 바람으로 진눈깨비
> 흩뿌리고 있기 때문이지요

오죽하면
내게 와 둥지 틀어 있을까마는
손에 쥐어주신
단단한 호두알들
그것을 깨트리는 일
바로 나의 몫으로 남겨 주셨으니

—「바람에게」 전문

시인은 물음을 던진다. "내 몸이 시린 까닭"은 어디에 있을까. "내 심장 속으로/ 시린 바람이/ 파고든 까닭"은 또 어디에 있을까. "바람에 날려 보내야 하는/ 차디찬 기억들이 바닥을 긁는/ 세월을 참고 있기 때문"이었다. '먼 하늘에 던져 놓은 서녘 구름이 진눈깨비가 되어 흩뿌리고 있기 때문'이었다.

대답이 돌아올 때쯤 '그대를 향한 젖은 가슴을 내밀면 어느새 단단한 호두알들이 내게 와 둥지'를 틀었다. '그것을 깨트리는 일이 시인의 몫으로 남겨'졌다.

그것은 '글쓰기에 대한 목마름'이었다. 글을 써야지 하는 순간 글은 '한 마리 작은 새'가 되어 '어둠' 속으로 날아가 버렸다. '어둠'만이 찾아왔다.

어둠 속에서
살아가는 어둠을 뚫고
먼동이 트는 길을 가다 보면
거친 듯이 꾸불대며 이어지는
돌담길 작은 틈새로 새어 나온

바람 한 줌 햇살 한 줌
찬서리 가득 담아 풀꽃송이에 얹어놓아
손가락 끝에 만져지는
파르르 떨고 있는 어린 새 한 마리
두 손 위로 가만히 옮겨 놓아
햇살 환한 들판으로 나서니
지평선 멀리 새 한 마리 날아가네

—「어둠 속에서」 전문

시인의 시간은 "어둠을 뚫고/ 먼동이 뜨는 길"에서 "파르르 떨고 있는 어린 새 한 마리" 키우는 시간이었다. 그 새 "두 손 위로 가만히 옮겨 놓아/ 햇살 환한 들판으로 나서니/ 지평선 멀리" 날아갔다.

시인은 그렇게 '지평선 멀리'의 세계를 꿈꾸며 살았다. 그런데 "꿈을 헤치고 달아나는 시간"(「첫 글자」)을 붙잡고 "바람 한 줌 햇살 한 줌/ 찬서리 가득 담아 풀꽃송이에 얹어놓으면" "돌담길 작은 틈새로 새어 나온" 바람같은 그 무엇이 있었다. 그것은 어쩌면 "천만 근 짓눌"(「첫 글자」)렸던 "천장에 붙어 기웃거리는 광대놀음" 같은 시간이었는지도 모른다.

3. 성찰의 시간

시인도 "모르는 사이/ 달려온 길"이 있었다. '오가는 발걸음마다 잃어가는 것뿐'인 시간. "지금도 그렇고/ 앞으로도 그럴 것"이다. '무얼 할지'(「첫 글자」) 망설이기만 하는 시인의 시간, 이제 뒤돌아볼 때가 되었다.

있을 때 잘하란 말
혼자서만 하는 일일까
안보고 모른 척하면서
넘어가면 되는 걸로 무심한 척하다가
눈엣가시가 되어 콕콕 찌르니
네 탓인가 내 탓인가 하느니
열 받혀 나만 찌르고 있는 걸 모르고
열 받고 나서야 열 받지 않는 나로 변해야지
단지 내가 나를 다스릴 줄 모르고
잘하는 줄 알고
그냥
뭉숭그레 살아야지 난 망가지고
저쪽 아무렇지 않은 것이 이상한 일인 거라
내가 이상 있는지 볼 줄 아는 넓음으로
나를 되돌아볼 일이라
이렇게 고요한 때 깊은 곳
떨림 소리를 들어볼 일이다

이것도 저것도 아닌
가짜로 사는 게 진짜가 되는 일인지도
있는 그대로 놔두고 볼 일이다
정말

—「두고 볼 일이다」 전문

시인이 살아온 시간 속에는 '찔리는' 줄만 알았는데, 내가 '찌르고' 있었다는 뒤돌아봄. '성찰의 시간'이 있었다.

'가시'에게 찔리는, 찔려야만 하는 시간들도 많았던 시인. 그 가시는 가시나무처럼 내가 "나를 찌르고 있었다"(「두고 볼 일을」)라고 뒤돌아보고 있다. "눈엣가시가 되어 콕콕 찌르니"/ "네 탓인가 내 탓인가 하느니/ 나만 찌르고 있는 걸 모르고" "내가 나를 다스릴 줄 모르고/ 잘하는 줄"만 알았다. "나를 되돌아볼 일"이었다. "고요한 때 깊은 곳/ 떨림 소리를 들어볼 일"이었다.

어쩌면 "이것도 저것도 아닌/ 가짜로 사는 게 진짜가 되는 일인지도/ 있는 그대로 놔두고 볼 일"이었다.

시인은 잠깐 눈을 감아 보았다.

눈을 뜨고 걸어 가다가
눈을 감고 걸어보니
세 발짝 나아가 몸이 휘청인다
땅이 빙그르르 돌아간다
어둠은 깊고 무서워
마음과 몸의 한 꺼풀로 막혀
나아갈 수 없다니
깊은 심연
소리 없이 무너지는 걸음마

눈을 뜨고 눈 감았던 길을 보니
흙탕길이 반짝인다
찬바람까지도 달큰하다
생의 한 치 앞도 못 보고
나아갈수록 더듬이면서도
놓치고 싶지 않은 삶
마알간 눈으로 어둠을 캐려고

고마워라
고마워라
눈 뜨고 가는 길

—「눈 감아 보니」 전문

강 시인은 "생각이 많아져/ 자꾸 엇갈리는"(「회색빛」) '타향적 시간'과 '고향적 시간' 사이에서 잠깐 눈을 감아보았다.

"눈을 뜨고 걸어 가다가/ 눈을 감고 걸어보니/ 세 발짝 나아가 몸이 휘청거렸다." '생의 한 치 앞도 못 보고 나아갈수록 더듬'거렸다. "어둠은 깊고 무서워/ 마음과 몸의 한 꺼풀로 막혀/ 나아갈 수 없었다." "깊은 심연/ 소리 없이 무너지고" 있는 '나'를 발견했다. '흙탕길이었지만 반짝였고 찬바람까지도 달큰했다.' "눈 뜨고 가는 길" 고맙고 고마웠다.

시인은 "깊은 심연/ 소리 없이 무너지는" 시간을 통해 좀 더 겸허해지고 있다. 그 동안 살아온 인생 여정을 뒤돌아보며 성찰의 시간을 누리고 있다.

봄아 오너라
앞발 들고
뒷발 차며
흙을 파헤치고
성난 머리 풀어 헤쳐 가며
나무들 들이박고
꽃잎들 물어뜯고
긴 댓소리 하늘 향해 흔들리고

동굴 속에 숨어볼까
바다 속으로 가라앉아 잠이나 자볼까
차마 돌아서니 울화가 차올라
부서져라 날뛰면서 거리를 휩쓸고
마주치고 마주 받아 광기가 번뜩이고
괭괭괭 징소리 부서진다
칼춤을 춘다

다 못한 겨우살이
떠나기엔 아직 젊었다구
하얀 모습으로 나린다
뿌리고 뒤집고 구석구석 휩쓸어
휘휘 날린다
쇳소리로 사라져라
확 트인 저 하늘 속으로
몇 십년 묵혀둔 칼바람들
휘휘 돌고 돌아라
모닥불 지펴 줄게
활활 태워 올려라
날려가네

돌아가서
세상을 찔러봐
때리면 울리는 징소리
쟁강쟁강 푸닥거리 잦아들어
어이 시원타
찬란한 봄을

마구 마구 던져주실 게다

—「남은 푸닥거리」 전문

강순자 시인에게 봄은 '푸닥거리'처럼 왔다갔다.

"앞발 들고/ 뒷발 차며/ 흙을 파헤치고/ 성난 머리 풀어 헤쳐 가며" 왔다. 그렇게 봄이 오면 시인은 "긴 댓소리 하늘 향해 흔들"릴 때 "동굴 속에 숨어볼까/ 바다 속으로 가라앉아 잠이나 자볼까" 궁리를 했다.

돌아서니 "울화가 차올라/ 부서져라 날뛰면서 거리를 휩쓸고/ 마주치고 마주 받아 광기가 번뜩이고/ 괭괭괭 징소리 부서"졌다, 칼춤을 추었다.

"세상을 찔러봐/ 때리면 울리는 징소리/ 쟁강쟁강 푸닥거리"처럼, 시인의 봄은 그렇게 왔다가고, 이제 가을이 왔다. 노을을 쳐다보는 노년의 응시 속에 고향적 시간이 실루엣처럼 어른거렸다.

4. 에필로그

강순자 시인은 늘 떠나고 싶어 한다. 바람처럼 한 마리 작은 새가 되어 '고향적 시간'으로 떠나고 싶어 한다.

'가슴 속에 감춰 놓은 잃어버린 옛이야기 찾아 어디로인지 한없이 가보고 싶은 길에서 잠깐 눈 감으면 어릴 적 고향길 젖은 길 위로 내 손 꼭 잡고 가는 어머니'(「어둠 속의 길」)가 손을 흔들기도 했다. 시인은 "그저 팔딱이는 한 마리 실체 없는 여린 새"(「막걸리 한잔 생각나는 시간」)였다. 추억을 소환하는 것만으로도 "밥은 먹었냐"(「밥은 먹었냐」)라던 아버지 목소리가 시간의 강을 건너 가슴 속으로 파고들었다.

시인은 늘 목마른 꿈을 꾸었다. 그것은 '가을을 한 방울 물들이고 싶어, 저 억새꽃 은빛 물결 닮아지고 싶어 나의 노래'(「버스를 타고」)를 찾아 시간여행을 떠나는 꿈이었다.

시인의 고향적 시간 속에서, '바람은 아침저녁 서늘한 빛깔이었다가 한낮이면 떨리는 빛깔로, 노을을 맞아서는 외로움에 부르르'(「바람의 빛깔」) 떨었다.

'비바람 심하여 밖을 내다볼 수 없을 때'는 알 수 있었다. '누구를 사랑한다는 것은 바깥쪽으로만 향하는 게 아니라 숨기며 묻어두고 잊혀 간다는 것'(「그 남자 그 여자」)을 뒤돌아보는 시간이기도 했다.

가을비가 '말을 잃어버린 희미해진 시간에 시인은 숨겨둔 돌무더기 한 점을 찾아 물의 큰 알들 살찐 보름 강가에 가서 돌의 배를 만져'(「비가 내려오네」) 본다. 시인은 '찻물이 비워진 뒤에도 찻잔은 오래도록 따뜻하던 기억'(「써야지」)을 바람처럼 더듬거렸다.

강순자 시인은 시의 행간마다 바람소리를 묻혀두고 노을의 향기를 고향적 시간에게 들려주고 있었다.

그 여자의 시간

초판 1쇄 인쇄일 | 2020년 8월 8일
초판 1쇄 발행일 | 2020년 8월 15일

지은이 | 강순자
펴낸이 | 한선희
편집/디자인 | 우정민 우민지
마케팅 | 정찬용 정구형
영업관리 | 한선희 정진이
책임편집 | 김보선
인쇄처 | 으뜸사
펴낸곳 | 국학자료원 새미(주)
등록일 2005 03 15 제25100 - 2005 - 000008호
경기도 고양시 일산동구 장항동 864-3 하이베라스 405호
Tel 02 442 - 4623 Fax 02 6499 - 3082
www.kookhak.co.kr
kookhak2001@hanmail.net

ISBN | 979-11-90988-35-3 *03800
가격 | 12,000원

* 이책은 Jeju 제주특별자치도 JFAC 제주문화예술재단 의 2020년도 문화예술지원사업에 후원을 받아 제작되었습니다.

* 이 도서의 국립중앙도서관 출판예정도서목록(CIP)은 서지정보유통지원시스템 홈페이지(http://seoji.nl.go.kr)와 국가자료 공동목록시스템(http://www.nl.go.kr/kolisnet)에서 이용하실 수 있습니다. (CIP2020030914)